Le moustique

DU MÊME AUTEUR

Guide de relaxation pour ceux qui n'ont pas le temps, Seuil, 1996, 2001
Restez zen : la méthode du chat, Seuil, 1998, 2002
Prières à décoiffer les clochers, Cerf, 2002
*Les Plus Beaux Contes zen**, Calmann-Lévy, 1999
*Les Plus Beaux Contes zen***, Calmann-Lévy, 2000
*Les Plus Beaux Contes zen****, Calmann-Lévy, 2001
Les Plus Beaux Contes zen, édition illustrée, Calmann-Lévy, 2002
Les Plus Beaux Contes zen lus par Dominique Blanc, double CD, livre sonore, Frémeaux et associés, 2002
Je confie mes traces aux nuages, Calmann-Lévy, 2002
Petites méditations pour ceux qui n'ont pas le temps, Atelier, 2003
Humour zen, Calmann-Lévy, 2003
L'Année zen, Calmann-Lévy, 2003
Conte du chat, maître zen, édition illustrée, Calmann-Lévy, 2004

DANS LA COLLECTION LIBRIO

Contes zen, Librio n° 503
La relaxation pour tous – Conseils, exercices et astuces pour rester zen au quotidien, Librio n° 561
Nouveaux contes zen, Librio n° 579
Dieu en poche, Librio n° 627

Henri Brunel

Le moustique

70 histoires zen pour rire et sourire

Illustrations de Charlotte Gastaut

Librio

À la mémoire de ma mère.
À tous ceux, et celles,
qui ont éclairé nos vies d'un sourire.

Prélude

Il y a des choses
qui ne se peuvent enseigner.
Il faut les pénétrer soi-même.

Bashō.

L'humour est la liberté du Zen. Il secoue insolemment l'arbre à doctrines.

L'humour est une autre façon d'envisager l'existence, d'interpréter le monde. Il relativise, allège, éveille. Il n'y a pas de Zen sans humour. En effet, le Zen se méfie des intellectualismes, du verbalisme, et privilégie l'expérience directe. Grâce à l'humour, il établit cette distance heureuse qui désintoxique des théories, préserve des vénérations intempestives, sauve des intégrismes.

L'humour zen, à toutes les époques, face aux religions, aux cultures les plus diverses, donne un formidable coup de pied dans la fourmilière. Il invite au-delà le dogmatisme à la simplicité de l'Amour sans limites, à l'infinie patience, à l'accueil de tout et de tous. Il entrouvre « la porte sans porte » de l'Éveil.

Coussin à zazen

Placez votre coussin à zazen n'importe où, par exemple entre les toilettes et la cuisine, asseyez-vous, et vous entrerez aussitôt en communion... avec tous les êtres de l'univers.

Parole zen.

Le Bouddha de neige

Je sais bien que tu as les fesses gelées
mais ne t'approche pas trop du feu,
Bouddha de neige.

Samuko to mo
hi ni na atari so
yuki botoke.

Sōkan.

La métrique de ce haïku : cinq, sept, et cinq syllabes, est d'une facture impeccable, assez rarement observée. Ce détail rend plus évidente l'impertinence joyeuse du texte.

La femme qui n'a pas d'enfants

La femme qui n'a pas d'enfants
comme elle est tendre
avec les poupées.

Ransetsu.

Et… cet humour tissé de mélancolie, comme un sourire entre deux nuages.

Flocon de neige

Le grand maître Bassui s'adressait ainsi à l'un de ses disciples en train de mourir :

Ne désire rien.
Ta fin n'en est pas une.
Elle est un flocon de neige,
qui se dissipe dans l'air pur.

« J'ai toujours préféré la saison d'été », murmure le disciple avant d'expirer.

Qu'est-ce que le Bouddha ?

Si vous rencontrez le Bouddha, tuez-le !

Dicton zen.

La tradition zen exige que l'on se détache du Bouddha pour devenir soi-même Bouddha. Ainsi naît une culture de la dérision, qui remonte aux origines. Elle s'exprime en formules souvent insolites ou cocasses :

« Qu'est-ce que le Bouddha ?
— Trois livres de lin. »

Tung-Shan.

« Qu'est-ce que le Bouddha ?
— Un étron desséché. »

Yun-men.

« Qu'est-ce que le Bouddha ?
— Qu'est-ce qui n'est pas le Bouddha ? »

Nan-Yang Hui-Chung.

« Qu'est-ce que le Bouddha ?
— Attends qu'il y en ait un, et je te le dirai. »

Nan-Yang Hui-Chung.

Le rossignol

Le rossignol
nettoie ses pieds crottés
sur les fleurs de pruniers.

Issa.

Quel effronté, quel impudent, quel sans-gêne, ce rossignol !

Les poils de la chenille

La brise du matin
Fait voleter les poils
de la chenille.

Buson.

Les nonnes et moines zen ont tous le crâne entièrement rasé !

Le moustique

Pour un unique moustique
je ne peux dormir !
Nuit d'automne.

Jūgo.

Incroyable ! les perturbations qu'un si petit animal peut provoquer chez un grand sage !...

La citrouille

La citrouille grossit.
Moi, je maigris.
Quelle chaleur !

Toun.

Cette mise en évidence d'une réalité amusante est un petit caillou semé sur le chemin de l'Éveil.

Le disciple zen

« À tout moment, et par tous les moyens, le Maître s'efforce de déstructurer ce qui pourrait prendre la forme d'un concept dans l'esprit de l'élève, car la vérité de l'Éveil se cache dans l'informel[1]. »

Le Maître est la cloche, le disciple son écho.

Dicton zen.

Le novice, déjà déstructuré, est traité de simple écho d'une cloche ! Rude métier que d'être disciple zen !

1. Benard Baudouin, *Le Zen*, De Vecchi, 1995.

Tout nu

Paix du soir.
Mes dévotions au Bouddha.
Tout nu.

Sunao.

Dédain du formalisme, priorité absolue accordée à l'essentiel. Ce haïku témoigne de la liberté, de la joyeuse insolence, du Zen.

Escalade

Ô, escargot,
escalade le mont Fuji !
Mais doucement, doucement...

Issa.

Au cœur du haïku, il y a souvent un paradoxe, qui crée l'effet comique et, dans le même temps, affûte notre regard. Imaginons cet escargot, dont la vitesse de croisière sur son unique pied ventral est de cent mètres à l'heure, qui prétend gravir le plus haut sommet du Japon, le mont Fujiyama (3 373 mètres). Et en sus l'auteur malicieux lui suggère de ne pas se hâter...

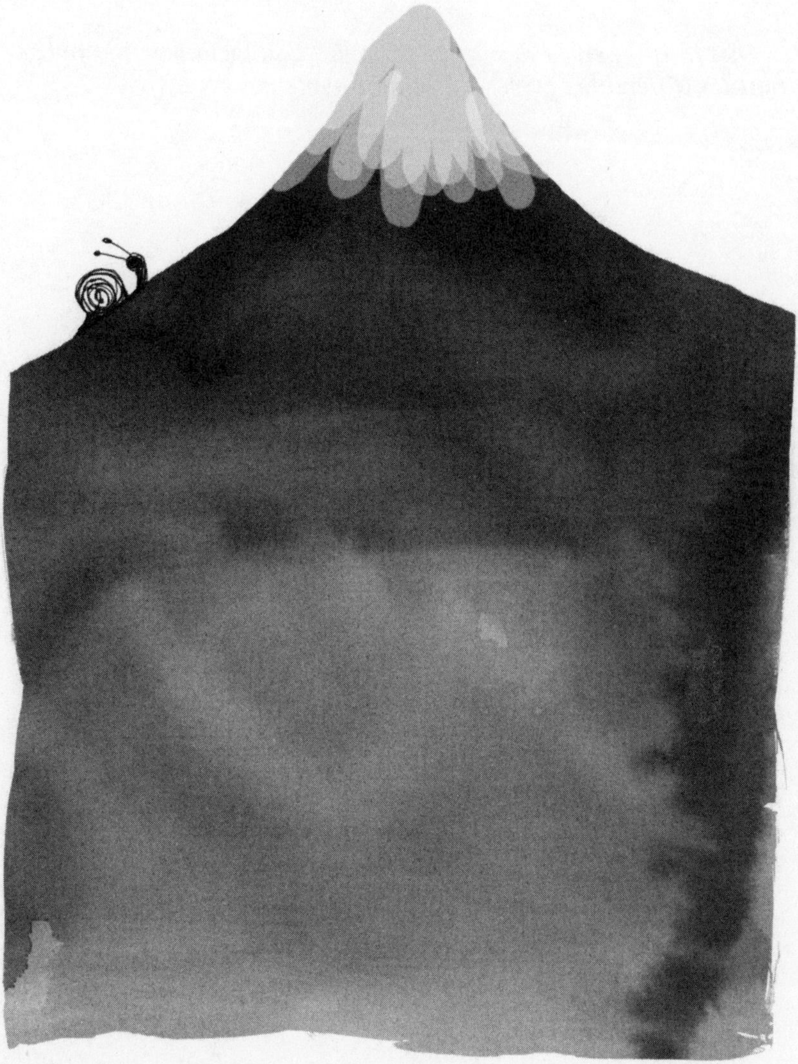

Querelles

Que faut-il penser des âpres querelles théologiques qui opposèrent les différentes écoles du bouddhisme ?

Elle lutte avec moi
à qui baissera les yeux le premier,
la grenouille.

Issa.

Mouches de ma maison

Je sors.
Faites l'amour tranquillement,
mouches de ma maison.

Issa.

Le poème en dit plus que le concept. Sous une forme pittoresque et cocasse, l'auteur nous rappelle que, pour celui qui a connu l'Éveil, reçu la « Vision illuminée », tous les êtres sont égaux, et l'aigle et le vermisseau.

La grenouille et l'alouette

Comment faut-il chanter ?
La grenouille et l'alouette
ne sont pas d'accord.

Masaoka Shiki.

Masaoka Shiki donna son nom définitif à la forme poétique du haïku. C'est l'un des derniers maîtres de la grande tradition. Il pratique volontiers un humour à la fois lucide, simple, léger, qui met en valeur la pensée zen : quelles que soient leurs différences, tous les êtres vivants, et l'alouette, et la grenouille chantent la même chanson...

Rien

Après avoir médité six longues années sur le mot « rien », qui se prononce wu *en Chine et* mu *au Japon, l'honorable Wu-Men Hui K'ai (1183-1260) écrivit enfin ce poème, qui clôt définitivement la question :*

Rien, rien, rien, rien, rien
Rien, rien, rien, rien, rien
Rien, rien, rien, rien, rien
Rien, rien, rien, rien, rien.

À la pointe d'un poil

Dans un grain de poussière se trouvent
des univers sans nombre
et tous ces univers sont réunis
à la pointe d'un poil.

Tao-Shin.

Des milliers de millions de galaxies et des milliards d'étoiles concentrés à la pointe d'un poil ! L'image est cocasse et jolie.

Il est urgent pour moi...

Il est urgent pour moi, vieux machin pourri que je suis, de faire retour à la vérité, à ma nature originelle.

Hiang-Ma Tsang.

Ce court apophtegme a la vertu de me faire rire, et je me l'applique aisément. Il me procura même une sorte d'Éveil éphémère la première fois que je l'entendis. Un éclair entrevu sur la paix indicible de l'infini...

L'humour subtil

« L'humour subtil », « l'ironie spirituelle » tournent parfois à la glose, au mystère, et parfois à la farce, à la parodie. Mais c'est toujours le même projet : désacraliser, mettre à distance, et permettre ainsi la liberté, l'expérience personnelle. L'Éveil, chaque fois, est une histoire neuve.

« Il n'y a qu'une seule et unique chose qui compte ! » répéta toute sa vie le grand maître zen Ryoji. Mais il ne dit jamais laquelle.

Qui médite ?

La lune
comme un sage,
jambes repliées.
C'est sur moi
qu'elle médite.

Bashō.

Le potiron

Énorme,
il montre son cul rond,
le potiron.

Soseki Natsume.

Il existe de nombreuses définitions du haïku, ce poème de trois vers d'origine japonaise. « L'art du bref », disait Roland Barthes, un éclair déplié, un ravissement subit, ce qui unit le fugitif et l'éternel, le fini et l'infini. Par la grâce du haïku, comme le souhaitait Rilke de toute poésie, « on entend chanter les choses ». Mais parfois le haïku nous offre la surprise de l'humour, le tressaillement d'un rire à sa source, la « nudité cocasse » du réel.

Solitude d'hiver

Seul un fil ténu sépare quelquefois l'humour zen d'un désespoir, ou d'un silence...

Solitude d'hiver.
J'aimerais parfois interroger
le Bouddha...

Masaoka Shiki.

La luciole

Voici une courte scène, un instant captif, saisi au vol, plein d'humour et de poésie :

Pourchassée,
la luciole se cache
dans un rayon de lune.

Oshīma Ryōiū.

Moine zen

Tous les matins, le moine zen, robe noire, crâne rasé, les sandales de paille tressée aux pieds, descend au village. Il ne va pas mendier, il passe, tenant dans ses mains le bol à aumônes et le bâton aux anneaux de fer tintinnabulant qui annonce sa présence. Il propose l'échange, une nourriture spirituelle contre sa subsistance matérielle, un peu de riz le plus souvent. Ainsi va la tradition depuis des siècles...

Dans mon bol à aumônes
un seul don ce matin,
les grêlons !

Taneda Santōka.

Le zazen de Kodo Sawaki

Il était une fois un apprenti moine appelé Kodo Sawaki. Il était très jeune, maladroit, et le dernier dans la hiérarchie du temple de Eiheiji. Il aidait aux cuisines, servait de coursier, nettoyait le *dojo*. Il couchait dans une remise où s'entassaient en vrac du riz, des navets, des concombres. Un soir, il faisait zazen avant de se coucher, quand le *tenzo*, le « chef de cuisine », l'un des personnages les plus importants du temple, ouvrit brusquement la porte.

Il aperçut ce souillon de Kodo, installé dans la posture du lotus, en train de méditer. Impressionné soudain, il fit un pas en arrière, s'inclina, joignit les mains à hauteur du visage en signe de respect, et dit presque malgré lui :

« C'est la véritable posture du Bouddha vivant ! »

Et lui qui rudoyait habituellement le malheureux apprenti, le frappait même parfois, il répétait :

« Mais c'est la véritable posture du Bouddha vivant ! »

Et c'est ainsi que le zazen changea complètement la vie de Kodo Sawaki...

La plaisanterie

Ce jour-là, le roi était en visite chez le maître zen Muhak, du temple Kanju-ji. Il parla ainsi :

« Mon ami, nous nous connaissons depuis de longues années ; nous sommes seuls, j'ai renvoyé mes serviteurs. Échangeons quelques plaisanteries. Il y a trop longtemps que je n'ai ri !

— À vous l'honneur, Sire, dites-moi quelque chose de divertissant...

— Mon cher Muhak, tout maître zen que tu sois, tu ne vaux pas mieux qu'un âne, un âne bâté ! Ah, ah, ah !... À ton tour, fait le roi, dis-moi quelque chose de cocasse !

— Sire, tel que vous êtes en ce moment, vous ressemblez à Shakyamuni au pied de l'arbre de l'Éveil !

— Ce n'est pas amusant du tout, dit le roi. Je te compare à un âne bâté, et tu m'assimiles au grand Bouddha lui-même !

— Mais Sire, dit Muhak, c'est le propre d'un âne de ne voir partout que des ânes, et celui du Bouddha de ne voir en tout être que sa nature de Bouddha... »

L'humour du Bouddha

Un jour, l'ambassadeur d'un rajah munificent vint offrir au Bouddha des cadeaux extraordinaires. Il déposa aux pieds de Shakyamuni de la vaisselle d'or, des colliers, des bracelets ornés de diamants, une foule de présents d'une richesse inouïe.

Le Bouddha parla ainsi : « Dis à ton Maître que je le remercie, mais sache que je considère l'or et les pierres précieuses du même œil que les briques ou les cailloux, et la position des ministres et des ambassadeurs et des rois eux-mêmes comme des grains de poussière. »

La vieille dame et le moine

Une vieille dame très riche, qui avait du goût pour le Zen, prit en pitié un jeune moine famélique. Elle lui offrit gîte et couvert. Le moine s'installa dans une maisonnette confortable incluse dans la somptueuse propriété. Au fil des ans, il devint paresseux, gros et gras. Mais il veillait à faire grand étalage de piété, pensant tenir ainsi sa part de marché. Le temps passa.

Un matin, la vieille dame reçut la visite d'une sienne nièce jeune et jolie, qui désirait entrer dans la vie monastique. « Ma tante, lui dit-elle, je souhaiterais avant de me consacrer au célibat goûter au moins une fois aux joies de l'amour, afin d'éprouver ma vocation. Je ne puis parler de cela à mon père, je ne sais à qui m'adresser, et je suis venue vous trouver. » La vieille dame s'exclama : « J'ai ce qu'il te faut ! J'entretiens depuis quinze années un moine zen. Il est installé au fond du parc. Il te rendra ce service, que tu lui demanderas de ma part. »

La belle jeune fille obtempéra. Mais le moine, dès qu'elle eut timidement formulé son désir, se récusa. « Je ne puis, mon état me l'interdit, je suis un saint homme, et mon cœur est froid. »

Quand la jeune fille rapporta l'entrevue à la vieille dame, celle-ci s'emporta : « Comment ai-je pu donner asile si longtemps à ce moine stupide ! » Et dans l'heure, elle le chassa.

Ryōkan oublie le saké

La lune est le reflet de la *vacuité*.

Sagesse zen.

Le célèbre calligraphe Kameda Bosaï est venu de la capitale rendre visite à Ryōkan dans son ermitage du mont Kugami :

« Mon cher Ryōkan, depuis que je connais vos œuvres, j'ai souhaité vous rencontrer...

— Maître Bosaï, vous me faites trop d'honneur, j'ai souvent admiré votre grand talent... »

Ainsi les deux hommes devisent agréablement, font assaut de compliments et de politesses. À un moment, Ryōkan se frappe le front :

« Maître Bosaï, j'y songe brusquement, je n'ai rien à vous offrir, peut-être auriez-vous souhaité un peu de saké ?

— Mais volontiers...

— Très bien, dit Ryōkan. Je vais de ce pas au village, et je rapporterai une bouteille de saké. »

Et sans que maître Bosaï ait le temps d'esquisser un geste, Ryōkan disparaît dans la nuit, en direction du village.

Une heure, deux heures passent. Bosaï n'est pas habitué au silence de la montagne. Les oiseaux, et même les insectes, se sont tus. Il a l'impression d'être seul au monde. Et Ryōkan qui ne revient pas ! Enfin, de plus en plus mal à l'aise, maître Bosaï se décide à partir à la recherche de son hôte. Il emprunte le chemin qui descend vers le village. La nuit est claire, mais la solitude est oppressante. Heureusement, à peine a-t-il parcouru quelques centaines de mètres qu'il aperçoit Ryōkan, assis sur un rocher, perdu dans la contemplation du ciel.

« Mon cher Ryōkan ! J'étais inquiet, que vous est-il arrivé ?

— Ah ! bonsoir, maître Bosaï, avez-vous vu la lune ? Elle est magnifique, n'est-ce pas ?

— C'est-à-dire, fait Bosaï un peu décontenancé, oui, je crois, en effet...

— Quelle merveille ! répète Ryōkan.

— Hum, et le saké ? demande maître Bosaï.

— Je me suis arrêté en chemin, et j'ai oublié le saké. »

Et Ryōkan, dont l'âme est pure comme un cristal, éclate de rire.

La tisane du moine zen

Il était une fois un paysan sans malice nommé Obaku qui plaçait toute sa confiance en un moine zen. Ce dernier vivait dans une grotte creusée au flanc de la montagne. Quand Obaku était malade, si l'un des animaux de la ferme se blessait ou souffrait de fièvre, le fermier allait demander conseil à l'ermite. Celui-ci répondait invariablement :

« Buvez [ou faites boire à votre animal] une tisane de glycine grillée. »

Et le malade, le blessé guérissaient…

Un matin, le cheval d'Obaku disparut. L'affaire était grave. Sans le cheval, la petite ferme courait à la ruine. Obaku dit à son épouse :

« Je vais dans la montagne consulter le moine zen, lui seul peut nous sauver ! »

L'ermite, pris au dépourvu, réfléchit longuement. Enfin, à court d'inspiration, il répondit :

« Buvez une tisane de glycine grillée ! »

La provision de glycine était épuisée. Obaku partit aussitôt dans une certaine vallée, où elle poussait en abondance. Et là il découvrit son cheval, qui broutait tranquillement.

Ce conte malicieux tend à prouver que la foi est comme le soleil, elle change les couleurs du monde.

N'oublie pas d'être heureux !

Au moment de quitter le maître zen, le jeune novice, joignant les mains à hauteur de son front, s'incline trois fois selon l'usage :

« Tokuken, dit le maître, n'oublie pas d'être heureux !

— Oh ! maître, fait Tokuken, éperdu de reconnaissance. Vous êtes trop bon. Je ne suis au monastère que depuis deux mois ; il est vrai que c'est dur, parfois, et...

— Tokuken ! l'interrompt sèchement le maître. Je ne formule pas un souhait, je te donne une instruction !

— Ah bon... », fait le novice, désemparé.

Le Bouddha de bois

Par une terrible nuit d'hiver, le moine zen Tan-Hsia trouva refuge dans un temple qui paraissait abandonné. Il alluma un feu, déplia son futon et s'endormit. Vers le matin, le bois manquant, il prit sur l'autel une statue de Bouddha en bois et la jeta dans les flammes.

Quand le gardien du temple arriva et constata les dégâts, il entra dans une violente colère :

« Je vais vous faire arrêter pour sacrilège ! » s'écria-t-il.

Tan-Hsia ne disait mot et fouillait dans les cendres.

« Que faites-vous ? demanda le gardien du temple.

— Je mets de côté les reliques sacrées du Bouddha...

— Voyons, dit le gardien en haussant les épaules, comment pouvez-vous recueillir les "reliques sacrées" d'un Bouddha de bois, vous êtes stupide !

— Si les reliques ne sont pas sacrées, alors le Bouddha ne l'était pas non plus », fit Tan-Hsia, et, se redressant, il saisit sur l'autel un deuxième Bouddha de bois qu'il lança joyeusement dans le foyer.

Le paravent

Or, en ce temps-là, le bon moine Ryōkan parcourait le pays. Un soir, il se trouva à Nakayama. Le chef du village, séduit par la sagesse de ses paroles et la bonté qui éclairait son visage, l'invita à demeurer chez lui pour la nuit. Avec simplicité, Ryōkan accepta.

La maison était belle, presque luxueuse. On installa Ryōkan dans une chambre réservée aux hôtes de marque. Le bon moine admirait les objets précieux, les gravures, les tableaux accrochés aux murs, quand il remarqua un paravent tout neuf dont le papier, d'une éclatante blancheur, était encore absolument vierge. Ryōkan le contempla, fasciné, et s'endormit sur cette image. Éveillé à l'aube et ne voulant pas déranger la maisonnée, Ryōkan se sentit de nouveau attiré par ce paravent. Sur une impulsion, il prit un pinceau, de l'encre, et d'un seul trait calligraphia deux vers de Kazan, un poète chinois qu'il aimait particulièrement. Quand il prit conscience de l'indélicatesse qu'il venait de commettre, effrayé par son geste, Ryōkan réunit à la hâte ses affaires, noua son baluchon et se sauva par une fenêtre comme un voleur.

Dans la matinée, les propriétaires, éblouis, découvrirent la merveilleuse calligraphie de Ryōkan. Ils le cherchèrent partout afin de le remercier. Mais ce dernier courait dans la campagne, aussi vite que ses jambes pouvaient le porter.

Le tremblement de terre

Un moine zen, son noviciat achevé, s'installa dans un petit temple au flanc de la montagne. Il accueillit bientôt un jeune homme pauvre qui désirait entrer dans la Voie. Il l'enseignait de son mieux.

Or, en ces temps-là survint un tremblement de terre. Quand il cessa, le moine commenta l'événement, qui avait effrayé même les oiseaux :

« Tu as observé, dit-il à son disciple, comment l'on doit se comporter dans une circonstance exceptionnelle ? Dès les premières secousses, je t'ai emmené dans la cuisine, la partie la plus solide du temple. Le temple s'est écroulé à moitié, mais nous avons survécu. À aucun moment je n'ai perdu mon sang-froid. Je n'ai eu qu'une faiblesse, au demeurant bien légère... j'ai avalé un grand verre d'eau... Bref, voilà un exemple de la conduite qui doit être celle d'un authentique moine zen. As-tu compris ?

— Oui, Maître, fit le disciple, mais ce n'était pas un verre d'eau, c'était un grand verre de sauce de soja ! »

L'aveugle et la lanterne

Il était une fois un moine zen aveugle qui finissait ses jours dans une pauvre masure du faubourg d'Edo. Ce soir du Nouvel An, il avait rendu visite à un ami de jeunesse. Après un repas convenable arrosé de saké, et une soirée agréable, l'aveugle s'apprêtait à regagner son logis.

Son ami l'arrêta sur le seuil :

« Prends donc cette lanterne de bambou, où brûle une chandelle, lui dit-il. La nuit est très noire ! »

L'aveugle haussa les épaules avec un peu d'humeur :

« Je n'ai nul besoin de lanterne, fit-il.

— Toi, non. Mais les passants pourraient te bousculer en chemin s'ils ne te voient pas. »

L'aveugle prit la lanterne et s'en alla. À peine avait-il tourné le coin de la rue qu'un passant le heurta rudement. L'aveugle s'emporta :

« Butor, maladroit, regarde donc où tu marches ! Ne vois-tu pas ma lanterne ?

— C'est que ta lanterne est éteinte, mon frère », dit le passant.

Ce conte malicieux nous enseigne qu'un moine zen qui prêche la compassion, et la vertu, et ne les met pas en pratique, est aussi utile sur la Voie, qu'une chandelle éteinte.

La feuille de chou

L'humour zen souvent est en rupture avec les modes de pensée ordinaires. Ce décalage fait rire ou sourire, mais c'est aussi un chemin d'Éveil.

Au mois d'avril 1223, le jeune Dōgen – il a vingt-trois ans – arrive en Chine. Il est issu d'une noble famille japonaise. Son père descend de l'empereur Murakami, sa mère est la fille d'un poète réputé. Eiheï Dōgen vient chercher au pays de l'antique sagesse une voie spirituelle. Avant même de débarquer, il fait la connaissance sur le bateau d'un vieux moine, cuisinier dans un monastère, qui est venu acheter des provisions. Ils parlent. Une heure passe. Dōgen demande enfin :

« Pourquoi, vous qui êtes âgé, qui avez un visage si noble et si intelligent, un regard qui traduit tant de profondeur, exercez-vous la fonction de cuisinier ? Pourquoi ne pas vous consacrer à l'étude des sūtras, à la pratique de zazen, au lieu de vous préoccuper du séchage des champignons ou de l'épluchage des légumes ? »

Le vieux *tenzo* prend alors dans sa main une feuille de chou, la tend au jeune Dōgen et lui dit :

« Prenez cette feuille de légume, tournez-la dans vos doigts, vous pourrez construire avec elle une splendide demeure de Bouddha, et faire en sorte que cet infime grain de poussière proclame sa Loi ! »

Et, devant la mine stupéfaite du jeune Dōgen, il ajoute en riant :

« La Voie, c'est cela : une feuille de chou. »

Le Zen et les feux rouges

La singularité de la petite ville proche de mon village est l'omnipotence de ses feux rouges. Il y en a partout. L'un en particulier déclenche mon ire. Au carrefour du boulevard, il s'installe au rouge et ne cille pendant trois minutes exactement. Nul véhicule à l'horizon. Le feu rouge règne sur un désert. Incongru, absurde. Mais si vous passez outre, deux gendarmes (trois avec la dernière stagiaire) surgissent de l'ombre et vous dressent un procès-verbal. J'avoue que ce feu rouge était mon cauchemar quasi quotidien jusqu'au jour où je découvris ce texte d'un auteur zen contemporain, Thich Nhat Hanh :

« À la vue d'un feu rouge ou d'un stop, on peut sourire et remercier parce que c'est un bodhisattva qui nous aide à faire un retour au moment présent. Le feu rouge est un gong de pleine conscience. On a pu croire qu'il était notre ennemi parce qu'il nous empêche d'atteindre notre but, mais maintenant nous savons qu'il est notre ami, car c'est lui… qui nous avertit de faire un retour au présent. Là où se trouvent la vie, la joie et la paix. »

La réponse juste

Il était une fois un fin lettré chinois, adepte du tch'an, du nom de Wang-Tze-fou, qui aimait citer devant ses étudiants la formule bien connue de Lao-tseu : « Au lieu de donner un poisson à un homme affamé, apprends-lui plutôt à pêcher. » Il développait cette pensée avec éloquence :

« Voyez-vous, disait-il à ses auditeurs, quand vous aurez donné dix fois un poisson à un malheureux qui meurt de faim, si la onzième vous ne lui donnez rien, il mourra. Mais si vous lui avez appris à pêcher il survivra, et vous lui aurez rendu sa dignité par surcroît ! »

Houo-houan était novice, et il étudiait le tch'an avec le fin lettré. Il écoutait avec dévotion ce que disait le maître, et chacune de ses paroles lui était sacrée. Or, il arriva qu'un jour il rencontra au bord de la rivière un misérable qui mourait de faim. Il se garda bien de lui offrir l'un des poissons qu'il venait de pêcher. Il entreprit d'expliquer à l'indigent, suivant en cela les leçons de son honorable maître, comment l'on pêchait. Il lui enseigna avec force détails la façon de tailler une canne à pêche dans un bois ni trop dur ni trop tendre, comment apprêter sa ligne, utiliser un hameçon, le lancer adroitement.

Il était en train de lui montrer comment creuser la terre pour y ramasser des vers quand l'homme mourut sottement.

Qu'est-ce qu'un bâton ?

Yun-men Wen-Yen, l'un des esprits les plus profonds du tch'an, auteur de nombreux *koans* et responsable d'un monastère, instruisait souvent les jeunes novices en utilisant l'exemple du bâton :

« Voyez-vous ce bâton que je tiens à la main ? L'homme ordinaire ne verra qu'un bâton. Le savant analysera tous ses éléments. Le sage du tch'an aura conscience de son impermanence. Le bodhisattva pensera qu'il fait partie de la Vacuité universelle. Vous, dites seulement que c'est un bâton mais gardez-vous de le répéter trop souvent, ce serait user de la langue de bois du tch'an !

— Maître, demandait anxieusement le novice, que faut-il que nous fassions pour suivre la Voie du tch'an ? »

Yun-men répondait en souriant :

« Si quelqu'un vous interroge, donnez un bon coup sur le dos de votre questionneur, il comprendra ainsi, d'expérience directe, ce qu'est un bâton et la Voie du tch'an ! »

Le moine Ju-Yen reçoit le dharma

Un moine tch'an appelé Ju-Yen reçut le dharma, « le sceau de la transmission », de son maître, Yen-Tou. Après la cérémonie, il se retira dans un lieu écarté, au bord d'un étang. Là, il s'assit sur un rocher plat :

« Bonjour, Maître !

— Oui... que veux-tu, disciple ?

— Quels conseils me donnerez-vous ?

— Sois conscient, sois vigilant, à partir de maintenant ne te laisse plus tromper par qui que ce soit !

— Je suivrai vos sages conseils, Maître ! »

Et le moine Ju-Yen salua avec respect son reflet dans l'eau.

La porte sans porte

« Maître, pourquoi dit-on que la doctrine du bouddhisme zen n'est pas la doctrine du bouddhisme zen ?

— Parce que la réalité ne peut être saisie par le concept. Elle n'est elle-même que lorsqu'elle n'est pas nommée.

— Alors, Maître, si je dis que je m'appelle Suzuki ?

— Tu n'as pas l'esprit zen, et tu n'entreras pas dans ce monastère !

— Et si je dis que je ne m'appelle pas Suzuki ?

— Tu as compris le *tāhātā*, tu es en contact direct avec la réalité, sois le bienvenu.

— Bien, Maître, et par où entrerai-je ?

— Entre par la "porte sans porte" ! »

Les pommes

Un jeune novice s'agitait, s'efforçait de cueillir les pommes d'un pommier. Il sautait, retombait, s'échauffait, s'énervait, pour un résultat dérisoire. Le vieux moine qui l'accompagnait le réprimanda :

« Voyons Fujio, ce n'est pas la meilleure façon de s'y prendre !

— Et que dois-je faire, Maître ? Je n'ai pas d'échelle ! »

Le vieux moine ne répondit pas. Mais il s'assit au pied de l'arbre, dans la posture du lotus, et il médita. Le temps passa… un jour, les pommes mûres tombèrent dans ses mains, et il y en eut tant et tant qu'il ne savait qu'en faire, et il en donnait à qui en voulait.

À quoi bon s'agiter, s'évertuer, parcourir le monde pour découvrir « la nature de Bouddha », qui avait toujours été là, au creux de soi…

Dōgen, maître zen

En 1227, le jeune Dōgen quitte la Chine, où il vient de passer quatre années à étudier le tch'an. Rujino, son maître, lui donne ce dernier conseil : « Quand tu seras rentré dans ton pays, diffuse l'enseignement et fais-en profiter largement le monde des humains... N'habite pas dans un château, une ville ou une agglomération. Ne t'approche pas des rois et des ministres... »

Arrivé au Japon, Dōgen obéit scrupuleusement à son maître. Il s'installe dans un lieu écarté, en pleine montagne, où il fonde le temple d'Eiheï-ji, qui signifie « Paix éternelle ». Il écrit les premiers volumes de sa grande œuvre, le *Shōbōgenzō*. Vingt années passent dans l'étude, la piété, le silence. Mais la réputation du couvent s'étend à travers le pays. En 1247, Dōgen est convoqué à Kamakura, la ville où siège le gouvernement shogunal. Il est accueilli avec tous les honneurs. Il y reste sept mois pour enseigner aux laïcs. Enfin, il est autorisé à rentrer dans la paix et le silence de son monastère.

Hélas ! La faveur des grands le poursuit. Le bras droit du shogun, le grand seigneur Tokiyori, lui fait porter un document lui accordant les titres de propriété d'un très beau terrain voisin du temple d'Eiheï. Le messager est un moine du couvent, un certain Genmyo. Il se présente à Dōgen le cadeau somptueux à la main, le visage tout sourire. On rapporte que Dōgen, exaspéré, chassa alors le malheureux, « fit couper et raser jusqu'aux fondements » le siège sur lequel Genmyo avait coutume de s'asseoir pour méditer et faire zazen, et lui interdit de reparaître un jour devant lui.

Il n'est pas certain que l'anecdote soit vraie. Mais elle montre avec humour à quelles extrémités peut se livrer un maître zen connu pour sa pondération et sa sagesse quand un « Important » le persécute de ses cadeaux et de ses faveurs.

Sotoba Komachi

Dans la pièce la mieux connue du théâtre nō, Sotoba Komachi, *ce dialogue met en lumière l'irrévérence du Zen :*

(Quand la scène commence, un prêtre s'adresse à l'héroïne, la vieille mendiante Komachi, porte-parole de la vision zen.)

« Écoute là, toi, n'es-tu pas assise sur un stupa sacré, le corps même du Bouddha ? Lève-toi, et va te reposer plus loin !

— Le corps du vénérable Bouddha, dis-tu ? Mais je ne vois rien de particulier à cette souche !

— Ne discute pas, ce stupa est le symbole du Bouddha en personne !

— Et de quels éléments est-il fait ?

— Les cinq nobles éléments : l'eau, la terre, le vent, le feu, l'espace.

— Alors tout va bien… l'homme est fait pareillement ! »

Le maître zen s'assoit parmi la foule...

Soir d'été. Le maître zen Kenung se promène dans les rues du village. Passant près d'une maison, il entend des pleurs, des cris, des lamentations. Il entre. Le père de famille vient de mourir. Sa famille, ses amis, ses serviteurs, tous versent des larmes abondantes et se frappent la poitrine en signe de deuil.

Le maître zen s'assoit parmi la foule, et pleure avec les autres. À ce moment, un invité le reconnaît :

« Maître Kenung, c'est vous ? Mais pourquoi pleurez-vous ? Je vous croyais détaché de tout, et bien au-dessus du chagrin des hommes ordinaires !

— C'est justement parce que je suis détaché de tout que je pleure... »

Et il continua de pleurer.

L'Occidental

Enfin arrivé en présence du maître, responsable du temple zen, l'Occidental s'incline devant lui :

« Vous n'êtes pas végétarien par hasard ? demande le haut personnage.

— Maître, dit avec fierté l'Occidental, j'ai le plaisir de vous apprendre que je ne mange jamais de viande, et que je n'approuve pas mes concitoyens, qui se repaissent de cadavres ! »

Il attend avec confiance une remarque flatteuse, au moins un sourire d'approbation de la part du maître. Voilà un Occidental, doit-il penser, qui tranche heureusement avec ses congénères. Après un temps de silence, le maître dit seulement :

« Ne vous attachez à aucune façon de manger ! »

Le mot et la chose

Le célèbre maître zen Shoïchi naquit en 1202, et « passa au-delà du chagrin » le 17 octobre 1280, à six heures du matin. Il contribua à faire connaître la Voie en prononçant de nombreux sermons[1].

Il dit un jour :

« Zazen est la porte qui nous ouvre le chemin de la grande Délivrance.

— Maître, pourquoi n'est-ce pas la récitation des sūtras qui nous ouvre le chemin de la grande Délivrance ?

— Avez-vous chaud en prononçant le mot "feu" ? Avez-vous froid en prononçant le mot "frais" ? Et si vous répétez toute votre vie les mots "gâteau de riz", votre faim cessera-t-elle ? »

---

1. *Sermons inédits sur le zen*, traduit par Maryse et Masumi Shibata, Éditions traditionnelles, 1987.

Le bâton

Il était une fois un maître zen que son disciple vénérait. Il le suivait comme son ombre, l'approuvait en tout, imitait ses moindres gestes, et n'osait presque, sans lui, respirer.

« Toshi, disait le maître, il va te falloir un jour me quitter, secouer sur mon seuil la poussière de tes sandales, et t'en aller sur les chemins. Il n'y a d'Éveil que personnel. Le Zen est liberté. »

Mais rien n'y faisait. Le disciple restait attaché aux pas de son maître, guettait ses sourires, et toujours le servait. Alors, un jour, le maître le fit venir pour un entretien particulier, et lui parla ainsi :

« Toshi, il est temps que je te confie un secret. Vois-tu, ce n'est pas moi qu'il faut révérer, mais mon bâton. Tu as bien observé qu'au cours de mes promenades, c'est toujours lui qui me précède. Il marche devant, et docilement je le suis. C'est mon bâton qui connaît le chemin et me l'indique. Quant à moi, je m'efforce de lui obéir et de lui ressembler. »

Dès ce jour, l'attitude du disciple changea. Il regardait le bâton de son maître avec un nouvel intérêt. Il s'en procura un semblable. À la fin de l'année, il annonça son départ, et, bientôt, il s'en alla seul sur les chemins...

Ce récit malicieux nous fait souvenir d'une vérité : « Le Zen est juste en face de chacun. » S'il est nécessaire d'avoir un maître, il faut un jour le quitter. Il n'y a de Voie que personnelle. « Je vous enseigne la liberté », dit le Zen.

Sur le lac Biwa

Ce matin-là, le bac qui fait la traversée du lac Biwa est rempli de passagers. Un voyageur se signale par son exubérance et sa vantardise :

« Moi, s'écrie-t-il, je ne crains personne au combat au sabre. J'ai vaincu les samouraïs les plus réputés du pays ! »

Chacun se tait prudemment. À ce moment, le samouraï avise un homme qui lui tourne le dos :

« Eh, toi ! fait-il grossièrement. Je vois que tu portes des sabres, tu es donc un samouraï. Tu ne veux pas me regarder en face, je comprends, ajoute-t-il en ricanant, tu trembles de peur que je ne te défie en combat singulier ! »

L'homme se retourne et dit tranquillement :

« Mon nom est Bokuden. Mon art diffère du tien, je combats sans armes.

— Ah ! Ah ! Ah ! s'esclaffe le samouraï, eh bien battons-nous, et que tous ici soient nos témoins.

— J'accepte, fait l'homme. Mais pas sur ce radeau, allons plutôt sur cet îlot désert, que l'on aperçoit là-bas.

— Allez, passeur, ordonne brutalement le samouraï, conduisnous sur cet îlot, que chacun assiste à la leçon que je vais donner à ce pleutre ! »

Quand le bac arrive près de l'îlot désert, le samouraï, d'une grande enjambée impatiente, débarque aussitôt. Alors, d'un geste vif, Bokuden saisit la gaffe du passeur et s'éloigne de la rive avec tous les passagers.

« Voilà comment je combats sans armes ! » crie-t-il au samouraï prétentieux, que l'on voit agiter ses deux sabres en de grands gestes de colère.

Et tandis que le bac disparaît à l'horizon, tous les passagers sont pris d'un fou rire, et les enfants, et les femmes, et les vieillards, qui n'avaient pas ri autant depuis longtemps…

Kuo-tze-i et la vanité

Il était une fois un premier ministre de Chine ferme et bienveillant, prudent et généreux, habile et le cœur droit, un homme juste, un sage. À la cour de l'empereur, chacun le respectait et l'aimait. Kuo-tze-i pratiquait le bouddhisme zen, et malgré ses hautes fonctions il était resté très simple.

Tous les mois, Kuo distrayait une journée de son temps précieux pour aller rendre visite à son maître zen, qui habitait un petit temple caché dans la montagne. Il venait accompagné d'un seul serviteur, sans aucun apparat. Les deux hommes, qui se connaissaient depuis de longues années, conversaient agréablement, abordant librement tous les sujets. Souvent, le ministre parlait, le maître zen sans l'interrompre écoutait. Parfois, il se hasardait à donner quelque conseil. Ensemble ils priaient, récitaient les sūtras, faisaient zazen. Jamais l'on n'entendait l'un d'eux élever la voix. Un jour, pourtant, Kuo-tze-i demanda :

« Maître, vous savez qu'à la cour j'ai l'occasion de rencontrer toutes sortes de gens. Je suis effaré par la vanité de certains, des fonctionnaires dont le rang est bien inférieur au mien ! J'avoue que je ne comprends pas, conclut-il en riant.

— Ah ! tu ne comprends pas, pauvre crétin ! fit brusquement le maître zen.

— Mais, mais..., balbutia le premier ministre, qui devenait tout rouge. Je ne vous permets pas...

— Vois-tu, Kuo, dit alors tranquillement le maître zen, c'est cela la vanité. »

Le bambou

Un empereur de Chine, de la lignée des Han, désirait s'initier au tch'an. Il fit appeler à sa cour un maître reconnu pour sa grande sagesse et l'interrogea ainsi :

« Combien de temps sera nécessaire pour que tu m'enseignes la Voie et fasses de moi un grand sage ?

— Sire, fit prudemment le maître de tch'an, la sagesse est semblable à une plante, il lui faut le temps de pousser. »

L'empereur médita cette réponse tout un jour. Le lendemain, il ordonna que se présentent devant lui les plus grands savants de Chine :

« Quelle est la plante qui pousse le plus rapidement ? leur demanda-t-il.

— Le bambou, Sire ! »

L'empereur ordonna qu'on le transporte dans une bambouseraie au fond de son parc. Il fit planter une pousse de bambou dans la terre fraîche, et, bien installé dans son palanquin, il s'apprêta à voir croître et embellir un jeune bambou. Les heures passèrent. L'empereur, qui s'ennuyait, s'endormit pendant la chaleur du jour. Vers le soir, une mouche, qui se posa insolemment sur son visage, l'éveilla. Il fit mesurer le jeune bambou. Il n'avait pas grandi d'un centimètre.

Alors l'empereur renonça à la sagesse, qui est trop lente à pousser dans le cœur des hommes.

Le maître aux mains vides

Au VIe siècle, débarquant d'Inde, un curieux personnage arrivait en Chine. Les contemporains le décrivent comme un géant barbu aux yeux bleus. Il venait enseigner une voie inédite du bouddhisme, qui prit le nom de tch'an.

« Maître, quel était le nom de ce personnage ?

— Bodhidharma [« l'œil de la vraie loi »], vingt-huitième Patriarche de l'Inde et premier Patriarche de Chine.

— Comment enseignait-il ?

— De façon très étonnante, et qui stupéfia les Chinois : son enseignement était muet, il ne s'embarrassait d'aucun rituel, il n'avait ni textes sacrés ni lieux de culte ! Les contemporains le nommèrent : "le Maître aux mains vides".

— Maître, que peut-on espérer d'un enseignement muet, sans rituel, ni temples, ni sūtras ?

— Beaucoup, Toshiba, beaucoup !

— Je ne comprends pas, Maître. Si l'enseignement est muet, on ne peut ni l'apprendre ni l'enseigner !

— Dis-moi, Toshiba, désires-tu vraiment faire des progrès dans la Voie du Zen ?

— Oh oui, Maître !

— Alors, va laver ton bol ! »

Le grand maître Houeï-Tchong

Ce jour-là, dans le monastère tch'an, c'est l'effervescence. On attend la visite du grand maître Houeï-Tchong. Tous les moines ont mis leur robe de fête et se sont fait une âme attentive, un esprit droit pour accueillir la parole. Le responsable du temple reçoit Houeï sur le seuil en s'inclinant trois fois, les mains jointes à hauteur du front en signe d'infini respect.

Le maître monte en chaire. L'assistance se recueille. On entendrait une mouche voler. Un râclement de gorge, et le silence s'installe, se prolonge. Une minute, puis deux. Houeï, debout dans la chaire, se tait. Une sorte d'angoisse serre les cœurs. Que se passe-t-il ? Enfin, le responsable du temple s'avance d'un pas :

« Maître, dit-il, nous attendons dans le recueillement vos saintes paroles, veuillez je vous en prie exposer votre thèse, nous la recevrons comme un cadeau du ciel...

— J'ai déjà proposé ma thèse, articule enfin Houeï, et il se tait.

— Quelle est-elle, ô Maître ? » insiste le responsable du temple.

Houeï ne répond pas. Il descend en silence de la chaire, et s'apprête à quitter le monastère. Avant de franchir le seuil, il ajoute :

« Ce que j'ai dit passait sans doute votre compréhension... »

Les moines regardent partir le grand maître, éberlués. Mais il est vrai que le silence se situe au-delà des effets et des causes, et présente la face la plus authentique du tch'an.

Rencontre

Un moine zen rencontre un autre moine sur le chemin. Ils parlent...

« Tu viens de loin ?

— J'ai parcouru tout le pays du nord au sud, de l'est à l'ouest. Depuis dix ans, j'ai visité des milliers de temples !

— Quel est le maître que tu considères comme le plus grand ?

— Le dernier peut-être, Oshibu, le maître zen du temple d'Edo...

— Et que t'a-t-il apporté ?

— Je suis venu à ce maître avec rien, et je suis parti avec rien.

— Pourquoi dis-tu que c'est le plus grand maître que tu as connu ? interroge le moine, stupéfait. Et pourquoi es-tu resté avec lui ?

— Comment aurais-je su, autrement, que je venais avec rien et que je partais avec rien ? »

Le serpent boa

Il était une fois un serpent boa qui vivait en état de guerre civile. Sa tête et sa queue ne s'entendaient pas.

« Pourquoi, s'écriait la queue, suis-je toujours derrière et toi devant ? Pourquoi décides-tu seule du chemin que nous suivons ? »

La tête méprisait ces jérémiades et ne répondait pas.

Un jour, aux environs de midi, elle aperçut une appétissante grenouille. Elle voulut la saisir d'un mouvement vif. Mais la queue s'était solidement enroulée autour d'un arbre, et la grenouille, à un souffle près, s'échappa.

« Es-tu devenue folle ? gronda la tête.

— Je ne bougerai pas tant que tu ne reconnaîtras pas mes droits égaux et que je ne pourrai à mon tour avancer la première et choisir le chemin ! »

Pendant trois jours, on palabra. Beaucoup d'insultes et d'arguments furent échangés, que par bienséance je ne rapporterai pas. Bref, au bout du compte, la tête céda. La queue se désenroula et, toute joyeuse, partit à la découverte. Hélas elle n'avait pas d'yeux et, dans le premier ravin qu'elle rencontra, elle tomba, entraînant la tête. Toutes deux périrent en contrebas.

Le « Moi » n'est qu'un mot.

Proverbe zen.

Le destin

Le général Nobunaga est inquiet. Ses ennemis sont dix fois plus nombreux que sa propre armée. Ils ont dix fois plus de chevaux, de chars, d'éléphants de guerre. Ses soldats, malgré leur bravoure, ne pourront rivaliser avec un adversaire aussi redoutable. Que faire ? Il décide de parler à ses troupes :

« Soldats, et vous, nobles samouraïs, le sort de notre pays bien-aimé repose dans la main des dieux. Ce sont eux qui font pencher la balance du côté de la défaite ou de la victoire, quel que soit le nombre des combattants. Je vais entrer seul dans le temple et les interroger. »

Le général pénètre dans le temple, fait une prière silencieuse. Il sort, le visage grave :

« Qu'ont dit les dieux ? questionnent les soldats.

— Je dois lancer une pièce en l'air. Si elle retombe du côté face, nous serons vainqueurs ; si c'est pile, nous serons vaincus. »

Après s'être recueilli un instant, le général Nobunaga sort lentement une pièce d'or de dessous sa cuirasse. Il la lance en l'air. Son serviteur se précipite, regarde, et tourne vers la foule un visage radieux :

« C'est face ! »

Les soldats se battirent comme des lions et remportèrent la victoire.

Le soir, en défaisant la cuirasse à quatre pans, le serviteur dit au général :

« Excellence, nous étions inférieurs en nombre et nous avons gagné ! Cela prouve que rien ne peut contrarier le destin ni s'opposer à la volonté des dieux ! »

Alors le général sortit la pièce d'or de sa poche profonde. Il la leva dans la lumière. Des deux côtés, elle était face.

L'impatience

Sur la route d'Edo, le maître et le novice sont en chemin. Ils marchent, crâne rasé, sandales aux pieds, le bâton à la main :

« Maître, demande le novice, combien de temps faut-il avant de connaître l'Éveil, de parvenir à l'Illumination ? »

Le maître sourit sans répondre, le disciple insiste :

« Maître, me faudra-t-il des années ?

— Oui, Toshiba, dix années, vingt peut-être… »

Ils marchent, silencieux. La route est déserte, la brume se lève, c'est l'automne.

« Maître, demande encore le disciple, et pour celui qui est très pressé ?

— Pour celui-là, dit le maître en riant, il faudra au moins trente ou quarante ans ! »

Les sabots de bois et le parapluie

Le moine Tenno étudiait depuis neuf années sous la houlette de son maître, Nan-Hin. Ce jour-là, il décida d'aller réclamer le « sceau de la transmission », qui l'introniserait à son tour maître zen. Comme il pleuvait, il prit ses sabots de bois et se munit d'un parapluie. Nan-Hin l'accueillit avec sa bonté coutumière :

« Je suppose, dit-il en souriant, que tu as laissé tes sabots de bois et ton parapluie à l'entrée...

— Bien entendu, Maître, répondit Tenno, je n'allais pas salir l'intérieur du temple !

— C'est bien, dit le maître, et tu as posé ton parapluie à droite ou à gauche de tes sabots ?

— C'est-à-dire..., fit Tenno, déconcerté par cette question saugrenue. Je ne sais pas, je ne me souviens plus... »

Et, disant ces paroles, le moine comprit qu'il n'était pas digne encore du « sceau de la transmission ». Car les hommes ordinaires vivent ainsi, tels des somnambules, et ne sont pas conscients d'instant en instant du monde qui les entoure. Comment approcher l'essence des choses quand on ne sait même pas voir leur apparence ?

Le moine Tenno demeura l'élève de son maître six années de plus.

La tasse à thé

Le maître Sukehito avait en charge l'enseignement des novices. Il s'acquittait avec zèle de sa tâche, et souvent, pour mettre un peu de sérieux dans ces jeunes têtes insouciantes, il leur parlait ainsi :

« Rien ne dure,
toute chose passe et meurt,
tout disparaît un jour dans le vide infini... »

Or Sukehito possédait une tasse à thé, très précieuse et très ancienne, qui lui venait de sa famille, et son cœur lui était attaché. Ikkyu, jeune novice de treize ans, en balayant un matin la cellule du maître, cassa par mégarde la tasse à thé. Après avoir pris conscience de l'horreur de son forfait, il réfléchit toute la journée et, le soir, après zazen, il alla trouver Sukehito :

« Maître, dit-il avec solennité, je voudrais vous poser une question qui me tourmente.

— Parle, Ikkyu, je t'écoute, fit le maître avec bonté.

— Maître, pourquoi devons-nous tous mourir ?

— Ikkyu, répondit Sukehito avec patience, ne m'as-tu pas entendu cent fois répéter : "Rien ne dure, tout disparaît un jour, toute chose passe et meurt..." ?

— Oui, maître, dit Ikkyu en sortant vivement les morceaux brisés de sa poche, c'est justement ce qui est arrivé à votre tasse à thé ! »

L'esprit de pierre

Cette histoire est très célèbre. Elle est le symbole de l'humour zen. Exactement.

Un moine zen nommé Hogen vivait seul dans un pauvre temple isolé en pleine campagne. Un matin, il apprend que des grands maîtres de la capitale ont choisi son humble monastère pour débattre en toute tranquillité d'un point délicat de la doctrine.

Après avoir fait zazen et partagé le repas de leur hôte, les quatre maîtres zen abordent la question du jour : « L'univers a-t-il une réalité propre, ou n'est-ce qu'une projection de notre esprit ? En d'autres termes, existe-t-il un *dehors* ou n'est-ce qu'un *dedans* objectivé ? »

Le problème est d'importance, et la discussion animée. Les arguments volent à travers la pièce :

« Mon cher collègue, je vous fais observer que le grand Dōgen écrit dans le treizième volume du *Shōbōgenzō*...

— Sans doute, mais le grand maître Bassui dans son traité *Wadeï Bassui-shu*, page 24, affirme... », etc.

À ce moment, Hogen, que l'on a tenu à l'écart, intervient timidement :

« Maître, demande-t-il au plus âgé des moines, éclairez le pauvre ignorant que je suis : cette grosse pierre qui est à l'entrée du chemin, quand on arrive au monastère, est-elle réelle, ou n'est-ce qu'une production de votre esprit ?

— C'est là, mon ami, tout l'objet de notre débat, répond avec patience le savant. Quant à moi, j'affirme que cette pierre n'est pas au-dehors, mais au-dedans de mon esprit !

— Eh bien, fait Hogen, vous devez avoir la tête bien lourde ! »

L'étudiant zen

Un étudiant zen s'avança vers le maître et lui dit d'un ton pénétré :

« L'éclat du Bouddha illumine l'univers entier.

— Taïro, cette phrase n'est pas de toi, tu ne penses pas, tu ne parles pas, tu récites !

— Maître, protesta l'étudiant, je me nourris des textes sacrés, je lis sans repos ni trêve les grands auteurs du passé, jamais ne cesse ma quête. Je cherche la Vérité du Bouddha...

— Taïro, dit le maître en souriant, tu ressembles à un petit poisson qui demande partout où est la mer...

— Que voulez-vous dire, Maître ?

— Taïro, tu es né dans la mer, tu vis dans la mer, tu finiras dans la mer. Ne cherche plus... Tu es la mer ! »

« L'homme qui ne s'en retourna jamais »

Un soir d'automne, alors que Gudo était en voyage, il fut surpris par une pluie torrentielle qui transperça ses habits et mit à mal ses sandales de paille tressée. Apercevant une fenêtre éclairée, il frappa à l'huis. Une femme compatissante lui ouvrit et lui offrit l'hospitalité pour la nuit. Gudo se présenta : il était maître zen au service de l'empereur. La femme conta ses malheurs. Son mari était un ivrogne invétéré. Ce soir, comme à l'ordinaire, il rentrerait complètement éméché.

Vers minuit, alors que Gudo dormait près de l'âtre, un homme entra, titubant et hurlant des insultes. Gudo le calma de son mieux par de sages paroles. L'homme s'endormit enfin, à même le sol, d'un sommeil de brute. Comme il l'avait promis à son aimable hôtesse, Gudo, maître zen précepteur des enfants de l'empereur, entreprit au matin de raisonner l'ivrogne, qui se réveillait encore hébété :

« Mon ami, votre conduite n'est pas raisonnable. Songez à votre femme. Lisez les sūtras, vivez selon la loi de Bouddha. Adoptez les principes du Zen : compassion, sobriété, sagesse, et vous connaîtrez un bonheur, une paix, que l'alcool ne pourra jamais vous donner ! »

L'homme écoutait sans mot dire, impressionné sans doute par la qualité de son interlocuteur :

« Maître, fit-il après un long silence, si vous le voulez bien, je vous accompagnerai sur la route d'Edo et je porterai votre bagage. J'aimerais vous entendre encore parler de la paix, du bonheur zen ! »

Gudo accepta. Il prit congé de la femme, qui l'avait si aimablement accueilli, et lui promit qu'en chemin il sermonnerait à nouveau son ivrogne de mari. Elle le remercia d'un sourire complice. Ils partirent. Gudo parlait, l'homme écoutait. Longtemps ils cheminèrent. Vingt fois, au cours de la journée, Gudo observa :

« Il serait peut-être temps maintenant que vous vous en retourniez...

— Je vous en prie, Maître, encore un kilomètre, vos paroles sont si belles ! »

Et Gudo, flatté, acquiesçait.

L'ancien ivrogne porte aujourd'hui un surnom : « L'homme qui ne s'en retourna jamais ».

Maître Hakuin

L'esprit du sage est comme la flamme d'une bougie, qui jamais ne vacille quand souffle le vent. Flamme droite, imperturbable au milieu des ouragans. Tel fut Hakuin.

Le maître zen Hakuin habitait une humble masure, non loin de la boutique d'un poissonnier. La fille de cet honorable commerçant était belle. Ses parents découvrirent un jour avec épouvante que leur bachelette, leur demoiselle, la délicieuse Oshaka, était grosse. Malgré les menaces, l'enfermement, les coups, elle ne voulait pas avouer qui était le responsable. À bout de forces, elle finit par dire :

« Le père de l'enfant que j'attends est maître Hakuin. »

D'honorables commerçants ne pouvaient envisager de marier leur unique fille à un misérable moine zen. Ils se turent. Mais quand l'enfant vint au monde, ils l'apportèrent à leur voisin :

« Vous l'avez fait, maintenant occupez-vous-en ! »

Hakuin dit seulement :

« Ah, bon ! »

Il recueillit l'enfant et s'en occupa.

Une année s'écoula. Oshaka supportait de plus en plus mal cette situation. Elle avoua enfin à ses parents que le véritable père était le fils de l'épicier, qu'elle rencontrait parfois sur les marchés. Le poissonnier et son épouse présentèrent leurs excuses au maître zen, et lui réclamèrent aussitôt l'enfant. Hakuin dit seulement :

« Ah, bon ! »

Il rendit l'enfant. Ensuite, il reprit sa vie ordinaire, comme si cet intermède n'avait jamais existé, laissé nulle trace, un sourire peut-être, une ride d'humour au coin de ses yeux.

Jiun, l'érudit

L'esprit n'est pas le Bouddha,
apprendre n'est pas la Voie.

Nansen.

Jiun, l'érudit, était célèbre dans tout le pays. Ses connaissances en sanskrit, en grammaire, en poésie étaient inégalées, prodigieuses. Il en accroissait le nombre tous les jours. Il sillonnait le Japon, donnant partout des conférences. Comme il était entouré d'une cour de flatteurs, il avait une haute opinion de lui-même. Il pensait que Dōgen en personne lui aurait cédé le pas. Un matin, pourtant, il reçut de sa mère, honnête femme de la campagne, une lettre inattendue :

« Mon fils, je doute que tu deviennes un jour un fidèle du Bouddha, un maître zen, si tu continues à parcourir le pays en étalant tes connaissances ! As-tu pour ambition de devenir un dictionnaire ambulant ? Dis-toi qu'il n'y a pas de fin au savoir, et pas de limites à la gloire. Retire-toi plutôt dans un modeste temple caché dans la forêt, à l'avenir, médite, et tais-toi ! »

Un Bouddha

« Maître, j'ai entendu parler d'un Bouddha qui passa toute sa vie au pied d'un arbre en méditation et ne connut jamais l'Éveil !

— Oui..., dit patiemment le maître.

— Comment est-ce possible ?

— Réfléchis, Kakio ! »

Le soir venu, le disciple revient à la charge :

« Maître, comment imaginer un Bouddha qui médite toute une vie et n'accède jamais à la bouddhéité, à l'Illumination ?

— La réponse est dans ta question, Kakio.

— Je ne comprends pas, Maître.

— Voyons, Kakio, il n'y a qu'une solution...

— Oui, Maître ?

— Ce Bouddha n'est pas un Bouddha ! »

Le « non-attachement »

À vingt ans, Kitan Gempo parcourait le pays, cherchant sa voie spirituelle. Il croisa la route d'un voyageur, qui fumait du tabac. Il l'imita, acheta une pipe, apprécia ce nouveau plaisir. Mais dès qu'il prit conscience de son attachement, il jeta sa pipe et cessa de fumer. Libre de tout lien, il rencontra sur son chemin un devin, qui lui enseigna l'art de lire dans les étoiles. Excellent élève, Gempo fut rapidement l'égal de son maître. Quand il comprit qu'il aimait ses nouveaux pouvoirs, il rejeta aussitôt cette science, et ne voulut plus jamais en entendre parler. À l'âge de vingt-huit ans, il se fit moine et s'initia avec ardeur à la pensée zen. Le supérieur du monastère, qui admirait sa piété et ses dons exceptionnels, songeant à se retirer, lui proposa de le remplacer. Gempo s'enfuit sans tourner la tête : il avait failli s'attacher. Il excella tour à tour dans la calligraphie, la peinture, la poésie, et aussi la danse, le théâtre, l'architecture et l'art du sabre. Il abandonna ces disciplines, dès qu'il connut le succès, de peur de s'y attacher.

Quand il fut vieux et fatigué, il accepta par lassitude d'être nommé supérieur de l'un des plus célèbres monastères zen. Mais quand il mourut, à l'âge de quatre-vingt-deux ans, il réussit à glisser dans un dernier souffle : « Je quitte la vie de bon gré, je n'y étais pas attaché ! »

Le sceau de la transmission

Le maître zen Tokujo exerçait le métier de passeur sur le fleuve. Il rencontrait de nombreux voyageurs. Mais il n'avait pas croisé jusqu'ici le disciple prêt à recevoir le « sceau de la transmission ». Il vieillissait. Un matin, il coupait un bambou dans la forêt pour fabriquer une canne à pêche quand un homme du nom de Kassam se présenta :

« D'où viens-tu ? demanda Tokujo.

— Je viens de nulle part », fit Kassam.

Cette réponse alerta le maître zen. En effet il est dit : « Le corps se meut dans le monde des phénomènes et va ici ou là, mais l'être essentiel est partout et nulle part. »

« Qui t'a éduqué dans le Zen ?

— Zazen m'a éduqué. »

Réponse parfaite. Le maître conseille, indique le chemin, mais c'est l'expérience personnelle, celle que l'on acquiert par privilège en zazen, qui est décisive. Tokujo ne douta plus. Il avait devant lui « le disciple », celui qu'il attendait depuis tant d'années. Alors il l'emmena au bord du fleuve et le soumit à une série de questions. À chaque réponse pourtant juste, il poussait Kassam dans l'eau. Le malheureux s'ébrouait, tout ruisselant, et poursuivait le *mondo*. Il essayait de trouver une repartie qui plaise au maître zen. Chaque fois, Tokujo s'écriait :

« Je ne veux pas discuter avec toi ; tu n'es qu'un âne qui répète une leçon ! »

L'épreuve se prolongea tout le long du jour. Vers le soir, Kassam sortit de l'eau sans répondre à la question du maître. Il souriait. Tokujo sut alors que le disciple était prêt. Il lui accorda le « sceau de la transmission ».

Chaque maître zen éduque à sa façon singulière. Celle de Tokujo est demeurée célèbre. Aucune ne ressemble tant à un baptême…

Silence

Dans un petit monastère zen perdu dans la montagne, quatre moines ont organisé un *sesshin* consacré au silence. Il fait froid, c'est l'hiver et la nuit tombe. Ils méditent tous les quatre dans la posture de *zazen* :

« La bougie s'est éteinte, dit soudain l'un des moines.

— Tu ne dois pas parler ! C'est un sesshin de silence, fait observer sévèrement un deuxième moine.

— Pourquoi parlez-vous tous les deux au lieu de vous taire, comme nous en avions convenu ! dit le troisième moine.

— Je suis le seul qui n'ai pas parlé ! » s'écrie, tout content de lui, le quatrième moine.

Les deux grenouilles

Il était une fois deux grenouilles, également sages, qui rêvaient chacune en son logis de beaux voyages. La première habitait Edo, et voulait connaître Kyoto. La seconde demeurait à Kyoto, et souhaitait visiter Edo. À peu près à mi-chemin au sommet d'une colline, elles se croisèrent. La grenouille d'Edo vit dans les yeux de sa congénère flotter comme un mirage, la ville d'Edo, et la grenouille de Kyoto aperçut en filigrane dans les yeux de sa compagne les monts Hieizan et Atagoyama, qui forment comme un écrin à la ville de Kyoto. Ensemble elles soupirèrent, et renoncèrent à leur voyage.

Le maître zen

Un maître zen est invité à la télévision. L'émission est en direct. Sur le plateau, dans les coulisses, à la régie, c'est l'effervescence. L'animateur plaque fiévreusement sur son crâne une mèche rebelle, parle dans son téléphone portable, lance à un collaborateur :

« Bertrand, n'oublie surtout pas le générique !... Et l'éclairage ? Je veux que mon invité soit en plein sous les spots ! »

Enfin, tandis que les dernières secondes s'égrènent avant que l'émission ne commence, le présentateur s'assoit face au maître zen et lui souffle :

« Pas trop nerveux, avec toute cette excitation autour de vous ?

— Non, dit paisiblement le maître zen. En dehors de cette agitation, tout est calme. »

Sous l'écume de la surface,
le fond de l'eau est tranquille.

Ainsi l'esprit de l'Éveillé.

Poètes et maîtres zen cités

Bassui Tokusho : moine zen de l'école Rinzaï, originaire de la province de Sagami, né en 1327, mort en 1387. Ses enseignements, réunis dans un petit ouvrage, *Wadeï Bassui-shu* (1386), attirèrent à lui de nombreux disciples.

Buson : Yosa Buson, peintre et poète zen (1716-1784), disciple de Bashō.

Eiheï Dōgen : fondateur au Japon de l'école zen Sōtō, qui subsiste encore aujourd'hui. Né en 1200, mort en 1253.

Hiang-Ma Tsang : mort en 700.

Issa Kobayashi : célèbre auteur de haïkus, renommé pour sa malice, sa virtuosité et son humour. Né en 1763, mort en 1827.

Jūgo : disciple de Bashō.

Kitan Gempo : supérieur du fameux temple d'Eiheï. Il a pratiqué tout au long de son existence la vertu de « non-attachement ». Il mourut à l'âge de quatre-vingt-deux ans.

Lao-tseu : philosophe chinois (VIe-Ve s. av. J.-C.).

Masaoka Shiki : 1867-1902.

Matsuo Munefusa, dit Bashō : revêtu de la robe des moines zen, il sillonna pendant dix ans les routes du Japon, écrivant des récits et des haïkus (*Jours d'hiver*, 1684, *Jours de printemps*, 1686), attirant à lui de nombreux disciples. Né en 1644, mort en 1694.

Oshīma Ryōiū : 1707-1787.

Ransetsu : 1653-1707.

Ryōkan : moine zen, poète, célèbre calligraphe, l'une des grandes figures légendaires du bouddhisme zen japonais. Né en 1757 ou 1758, mort en 1831.

Sokan : 1458-1546.

Soseki Natsume : 1865-1915.

Tao-Shin : 580-665.

Yun-men Wen-Yen : fondateur d'une école qui porta son nom, auteur de La Falaise verte, un ouvrage qui contient de nombreux koans. Né en 864, mort en 949.

Glossaire

Bodhisattva : « héros de l'Éveil » ; pratiquant du Zen qui a fait le vœu de ne pas entrer dans le nirvāna pour aider ses frères sur terre.

Dojo : salle d'exercices et de méditation.

Edo : « Porte de la baie » ; à l'origine, un petit village de pêcheurs ; ancien nom de la capitale du Japon, Tokyo, en usage de 1180 à 1868.

Koan : énigme, question paradoxale que l'on donne à résoudre à un disciple afin de l'aider à se débarrasser des raisonnements ordinaires et de lui ouvrir le chemin de l'Éveil.

Kyoto : située au centre de la grande île de Honshu, encaissée entre des montagnes ; climat humide, étouffant en été, glacial en hiver ; ancienne capitale du Japon.

Mondo : série de questions et de réponses portant sur le Zen.

Sesshin : retraite zen de trois, cinq ou sept jours pendant laquelle on pratique le *zazen*, méditation zen assise, de façon intensive.

Shakyamuni : « le sage du clan des Shakyas » ; autre nom du Bouddha.

Shōbōgenzō : « Trésor de l'œil de la vraie loi » ; quatre-vingt-quinze volumes que Dōgen rédigea tout au long de sa vie.

Tāhātā : traduit par néologisme « ainseïté », il représente l'essence de l'être, sa nature profonde.

Tch'an : nom chinois du Zen.

Théâtre nō : drames lyriques japonais des XIVe et XVe siècles inspirés par le Zen.

Table

CATALOGUE LIBRIO (extraits)

PHILOSOPHIE ET SPIRITUALITÉ

Anonyme
La Genèse - n° 90
Le Coran - n° 590
Vie du Bouddha - n° 614
Yveline Brière
Le livre de la sagesse - n° 327
Le livre de la méditation - n° 411
Le livre de la paix intérieure - n° 505
Henri Brunel
Contes zen - n° 503
La relaxation pour tous - n° 561
Nouveaux contes zen - n° 579
Dieu en poche - *L'aventure d'une vie* - n° 627
André Comte-Sponville
Le bonheur, désespérément - n° 513
Descartes
Discours de la méthode - n° 299
Arnaud Desjardins
Premiers pas vers la sagesse - n° 661
Épicure
Lettres et maximes - n° 363
Jean Éracle
Enseignements du Bouddha - n° 667
Khalil Gibran
Le Prophète - n° 185
Nicolas Machiavel
Le Prince - n° 163
Catherine Maillard et Éric Bony
Le rêve - *Histoire et significations* - n° 568
Thomas More
L'Utopie - n° 317
Friedrich Nietzsche
Fragments et aphorismes - n° 616
Ovide
L'art d'aimer - n° 11
Platon
Le banquet - n° 76
Le procès de Socrate - *Euthyphron, Apologie de Socrate, Criton* - n° 635
Jean-Jacques Rousseau
De l'inégalité parmi les hommes - n° 340
Saint Jean
L'Apocalypse - n° 329
Saint Luc
Évangile - n° 566
Vâtsyâyana
Les Kâma Sûtra - n° 152
Jacques de Voragine
La légende dorée - *Vie des douze apôtres* - n° 363

ANTHOLOGIE
Présentée par Guillaume Pigeard de Gurbert
Si la philosophie m'était contée
De Platon à Gilles Deleuze - n° 403

REPÈRES

Pierre-Valéry Archassal
La généalogie, mode d'emploi - n° 606
Bettane et Desseauve
Guide du vin - *Connaître, déguster et conserver le vin* - n° 620
Sophie Chautard
Guerres et conflits du XXe siècle - n° 651
David Cobbold
Le vin et ses plaisirs - *Petit guide à l'usage des néophytes* - n° 603
Clarisse Fabre
Les élections, mode d'emploi - n° 522
Daniel Ichbiah
Dictionnaire des instruments de musique - n° 620
Jérôme Jacobs
Fêtes et célébrations - *Petite histoire de nos coutumes et traditions* - n° 594
Claire Lalouette
Dieux et pharaons de l'Égypte ancienne - n° 652
Jérôme Schmidt
Génération manga - *Petit guide du manga et de la japanimation* - n° 619
Gilles Van Heems
Dieux et héros de la mythologie grecque - n° 593
Patrick Weber
Les rois de France - *Biographie et généalogie des 69 rois de France* - n° 650

Librio

679

Composition Nord Compo
Achevé d'imprimer en France par Aubin
en juin 2007 pour le compte de E.J.L.
87, quai Panhard-et-Levassor, 75013 Paris
Dépôt légal juin 2007
1er dépôt légal dans la collection : janvier 2005
EAN 9782250344248

Diffusion France et étranger : Flammarion